문학과지성 시인선 560

나비가 돌아왔다

이시영 시집

문학과지성사

문학과지성사에서 펴낸 이시영의 시집

무늬(1994)

문학과지성 시인선 560

나비가 돌아왔다

초판 1쇄 발행 2021년 10월 25일
초판 2쇄 발행 2021년 12월 1일

지 은 이 이시영
펴 낸 이 이광호
주 간 이근혜
편 집 최지인 이민희 조은혜 박선우 방원경
펴 낸 곳 ㈜문학과지성사
등록번호 제1993-000098호
주 소 04034 서울 마포구 잔다리로7길 18(서교동 377-20)
전 화 02)338-7224
팩 스 02)323-4180(편집) 02)338-7221(영업)
전자우편 moonji@moonji.com
홈페이지 www.moonji.com

ISBN 978-89-320-3912-1 03810

문학과지성 시인선 560

나비가 돌아왔다

이시영

시인의 말

1994년에 『무늬』를 내고 무려 27년 만에 다시 문학과지성사에서 시집을 낸다. 이 시집의 시들은 내가 가장 어려웠던 시절에 씌어진 것들이다. 몸과 마음이 기진했을 때 시를 떠올리곤 했다. 『무늬』에 이어 기꺼이 해설을 맡아준 김주연 선생께 고마움을 표한다. 1970년대 청진동 '가락지' 시절 이후 그는 늘 나의 든든한 배후였다.

2021년 10월
이시영

나비가 돌아왔다

차례

2부

3부

해설

1부

누님을 생각함

누님은 잘 계시는지 몰라
우리 둘 이복이지만 동복보다 더 가까웠던 60년
전주 덕진 수목장 햇볕 잘 드는 언덕에 90 평생 외로웠던 뼈 대고 고이 누우셨으니
오늘 밤 별빛도 그 뼈에 사뿐 내리리

어리둥절

강릉 사는 이태범이 사진을 보내왔는데
거기 붙은 사진 설명이 그대로 시였다.
"중정 서까래 속에 들었던 둥지에서 자란 곤줄박이 새끼가
세상에 처음 나와 어리둥절해하는 이 아침!"
그가 아침 일찍 일어나 깨끗이 쓸어놓은 마당도 부럽지만
추녀를 살짝 들고 날아갈 듯이 앉은 한옥 지붕이 더욱 날렵하다

풀잎 이슬

사람들이 걷기 시작하자 그는 스스로 길이 되었다
그러나 길은 늘 다른 길을 걷고 싶었다
새벽이면 풀잎 이슬이 그 끝에 맺혀 있는 건 그것 때문이다

새벽에 다녀간 비는

새벽에 다녀간 비는 가난한 시인의 담장을 지나가느라 간혹 두두두둑 소릴 낸다

새벽에 다녀간 비는 어두운 어두운 곳만을 딛고 다니느라 간혹 발목이 희다

새벽에 다녀간 비는 산동네 길고양이 등을 쓰다듬고 오느라 간혹 눈이 매처럼 푸르다

삼월

저 삼월의 따스한 하늘가에 문득 고개를 묻고 돌아보는 딱새 한 마리

구용丘庸 선생

인사동이나 그 어디에서 만나 인사드리면 나보다 더 허리를 굽히셨다. "아이구, 평안하신지요?" "아, 선생님 저 제자입니다. 말씀 낮추세요" 해도 소용없었다.

수업 시간이면 그 마른 몸매에 '청자' 한 가치를 맛있게 태우며 말씀하셨지. "님이여, 들으시나요, 내가 눈 감는 소리를, [……] 님이여, 들으시나요, 내가 다시 눈 뜨는 소리를……"* 릴케의 『형상시집』 속의 한 구절을 외며 "바로 이 눈 감는 소리를 듣는 것이 시"라고. 그리하여 나는 구용 선생 하면 그의 대표작인 「삼곡三曲」보다 릴케가 먼저 떠오른다. 제자를 향해 허리 굽히시던, 그 만상에 대한 경배와 함께.

* 릴케의 「정적」 부분(『20세기시집』, 구기성 옮김, 동아출판사, 1958).

목월木月 선생

성심여고 후문에서 산천동 깔그막 용산성당 올라가는 길, 누가 뒤에서 "이 군!" 하고 불렀다.

돌아보니 키 큰 목월 선생이 거기 서 계셨다. "이 군, 시는 그렇게 쓰면 안 된데이." 반가움에 왈칵 달려갔더니 선생은 안 계시고 웬 낯선 청노루힐빌라.

전차 종점 가까운 원효로4가, 낡은 제과점 봉투를 든 선생께서 길을 건너고 계셨다. "선생님!" 하고 불렀더니 돌아서시며 "이 군인가? 들어가제이". 거기서 가까운 낡은 2층 목조 적산가옥. 삐걱이는 계단을 올라 다다미방에 앉으며 말씀하셨지. "이 군, 시는 그렇게 쓰면 안 된데이." 지난주 드린 시에 일일이 붉은 밑줄 친 노트를 돌려주며 하시던 말씀.

오늘도 산천동 그 고갯길 오르며 문득 돌아본다. "이 군!" 하며 부르는 소리 있을 것 같아.

소주 반병

고故 임영조 시인이 내게 말하기를, 김종삼 시인은 소주 반병 값이 떨어지면 늘 용산에 있는 태평양화학 사보 『향장香粧』 편집실로 찾아와 그와 오규원 시인에게 수줍게 손을 내밀었다고 한다. 많아야 2, 3천 원이었을 그날의 소주 반병과 담배 한 갑 값. 그것으로 일용할 양식을 삼은 그는 관악산으로 무교동으로 남대문시장으로 온종일을 나대다 날이 어두워지면 길음동 산동네로 돌아갔다고 한다.

삭주구성朔州龜城

삭주구성 하면 제일 먼저 소월의 "물로 사흘 배 사흘/먼 삼천 리/더더구나 걸어 넘는 먼 삼천 리"로 시작되는 「삭주구성」이란 시구절과 그가 한때 『동아일보』 구성 지국장을 했다는 것, 그리고 삭주가 고향인 리영희 선생이 국민학생 때 란도셀을 메고 그 앞을 지났었다는 이야기가 떠오른다. 그리고 2005년 '민족작가대회'차 평양 갔을 때 북의 문인들에게 백석의 행방을 물었더니 모두들 뜨악해하는데, 그중 한 분이 내게 다가와 귓속말로 전해 준, 삭주로 간 이후론 소식이 뜸하다는 것, 협동농장에 배치된 그의 농사 솜씨가 형편없어서 염소치기를 하고 있다는 이야기가 떠오른다. 그리고 염소치기라면 스페인내전에서 총을 들고 싸우다 붙잡힌 후 아이들에게 먹일 게 빵과 옥수수밖에 없다는 아내의 편지를 받고 옥사한, 네루다가 아꼈던 서른한 살 서글서글한 눈매의 미겔 에르난데스라는 시인이 떠오르고, 또 하나, 백석의 단란했던 시절의 가족사진에서 본 둘째 아들의 모습이 젊은 백석을 그대로 빼닮았었다는 것도 생각난다.

땅 팔자

고故 명천鳴川 이문구 선생은 이렇게 말하곤 했다. "땅에도 팔자가 있는 것이여. 이태원에 미군부대가 들어서고 말죽거리에 경부고속도로 입구가 들어선 거 좀 봐!"

그에 의하면 조선시대 이태원은 지금의 이태원利泰院이 아니라 '이타인異他人' 혹은 '이태원異胎院'으로도 불리었다고 한다. 임진왜란 때 왜병들이 거기 있던 운종사雲鐘寺라는 비구니 절을 약탈하여 생긴 이름이고, 말죽거리는 경상 좌우도와 호남을 오가는 유생이나 장사꾼 들이 하룻밤 유숙하며 말죽을 쑤어 배불리 먹인 곳이라 하여 붙여진 것이라고.

명천의 말이 맞는지 어쩐지는 몰라도 일본군사령부가 있던 자리엔 미8군사령부가, 그들이 머문 자리엔 또 밤이면 밤마다 수많은 이타인이 들락거리는 명소가 되었으며, 말죽거리 또한 3호선 전철과 신분당선이 드나드는 양재역은 물론 양재대로 일대가 차들이 잠시 들러 말죽 대신 자동차에 기름을 빵빵 넣는 곳으로 변했으니, 그의 말마따나 땅 또한 자기 팔자가 분명히 있긴 있는 모양이다.

뒤란

여동생의 말에 의하면 돌아가신 어머니가 어젯밤 성큼 방 안으로 들어서며 말씀하셨다고 한다. "여기가 네 집이냐?"고. 사실을 말하자면, 나는 벌써 여러 해째 아버지 어머니 제사를 모시지 못하고 있다. 사정이 있어서이다. 그런데 생각해보면, 제삿날 고향 집 뒤란에는 대숲도 있고 달빛에 빛나던 장 단지들이 늘 숙연했었다.

수평

참새 한 마리가 내려앉자 가지가 휘청하면서 파르르
떨더니
이내 지구의 중심을 바로잡는다

추운 날

날은 저물어오는데 길고양이 두 마리가 아파트 외진 구석에 앉아 서로의 등을 열심히 핥아주고 있다.

쇠백로 한 분

눈부신 새하얀 쇠백로 한 분께서 한강 지천 수중보에서 은빛 피라미 한 마리를 사냥하셨는데, 은빛 피라미는 제발 놓아달라며 온몸을 퍼덕이며 떨어도 그분께옵서는 느릿느릿 자리를 옮기시며 자비의 눈 한번 꿈쩍 않으시다. 엘리 엘리 라마 사박다니.

딱새 한 마리

딱새 한 마리가 도산서원에서
아, 딱새 한 마리가 도산서원에서
아, 글쎄 딱새 수컷 한 마리가 도산서원에서!

고故 신현정을 생각함

현정이는 죽을 때 무슨 소릴 내었을까
오리처럼 꽥꽥거렸을까 아니면 그냥 씨익 웃었을까
칫솔질하다가 하나님더러 "네끼 이×"이라고 소리친 적 많아
가서 야단맞지는 않았을까
아니면 거기 안 가고 경기도 남양주시 왕숙천 어디쯤 자전거포 앞에서
지나던 복슬개의 앞다리를 쓰다듬고 있을까

너무 짧다

아내의 방 책상 위에 A4 용지 크기의 코팅된 글씨가 세워져 있다.

"할렐루야 하나님 감사!"

"구원해줘요! 나 갈게."

몇 년 전 일찍 세상을 뜬 상태가, 임종 직전 수녀인 동생 상숙과 나눈 대화다.

너무 짧다.

협객 박윤배 선생

협객 박윤배 선생이 흥국탄광 소장으로 계실 때, 하루는 회사에서 가장 질 좋은 연탄을 한 차 가득 싣고 원주 시내로 나와 골목골목을 돌며 아주머니들에게 다 판 뒤 감옥에 가 있는 김지하 시인 부친을 불러 거한 점심을 대접했다고 한다. 그리고 헤어질 무렵 갑자기 부친의 한쪽 어깨를 잡고는 바지에 무엇인가를 다급히 찔러 넣고는 뒤돌아서 휭하니 트럭에 올랐다.

부친께서 집에 돌아와 봉투를 여니, 그가 여태 한 번도 만져본 적 없는 큰돈이었다. 당시 흥국탄광은 전국에서 종합소득세를 제일 많이 냈고, 좋은 연탄을 생산해 서민들에게 아주 인기가 높은 회사였다고 한다.

밤섬 부근

한강에 흰 돛단배 떴다
오늘은 한 척이지만 어제는 푸른 범선도 서너 척 떠서 바람에 밀려가고 밀려오곤 했다

사노라면, 이런 기적 같은 옛날도 있었다

2부

나비가 돌아왔다

강변에 나비가 돌아왔다
아무것도 아닌 것 같지만
저것은 세계가 변하는 일이다

쳐다보다

해쓱한 얼굴들이 신호를 기다리는 국립암센터 교차로

한 정숙한 어머니가 두터운 성경을 들고 전도하고 있었다

"하나님을 믿으면 천국으로 인도하십니다."

길을 건너다 말고 나는 그분의 너무도 선한 얼굴을 똑바로 쳐다보았다

KTX에서

평택 들판의 황혼 녘, 할아버지 한 분이 염소를 끌고 가다 줄을 놓치자 이번엔 염소가 온 힘을 다해 할아버지를 끌고 집으로 돌아가는, 참 아름다운 저녁 한 장을 연출하고 있습니다

지나며

정년을 앞둔 구례구역장이 KTX-산천호를 향해 멋들어진 거수경례를 올린다
측백나무 울타리 너머로 챙이 짧은 그의 금테 모자가 금방 나타났다가 사라진다

처서處署 전

가을비가 세차게 내리꽂히는 아침, 제비들이 처마 끝에 두 발을 얌전히 오그리고 앉아 하늘을 올려다본다

자유고속도로

영종도 어디서 집단 탈출을 감행한 흑염소 스무 마리가 공항고속도로를 달리다 그중 여섯은 차량에 치여 죽고 나머지는 모두 잡혀 어둑어둑해질 무렵 경찰 인솔 아래 농장으로 돌아가는데, 아스팔트에 또각또각 찍히는 발굽 소리며 죄지은 듯 한껏 숙인 두 뿔이며 그럼에도 별처럼 또렷하게 빛나는 작은 눈동자들이 생각나는 밤입니다. 부디 그들에게 선처를!

테렐지 숲에서

어린 양들은 주인의 품에 안기는 순간, 자신의 목숨이 다했음을 알고 간절한 눈빛을 보낸다고 한다. 그러나 주인은 숨겼던 마치를 꺼내 단숨에 가격하여 그 눈을 조용히 감겨준다

알

닭들은 그 둥주리가 어디에 있든 간에 푸드득 날개 치며 사뿐히 마당에 내려앉아 자기가 금방 저기에 눈부신 뜨거운 알을 낳았음을 큰 소리로 알린다

박꽃

나는 박꽃이 있는 여름 시골집이 좋았다
박꽃은 넝쿨을 타고 올라가 초가지붕 위에 커다란 박들을 굴렸다
가을이 오면 저것들은 푹푹 삶아진 뒤 속이 텅 빈 바가지가 되어
겨우내 정지간 시렁 위에서 덩그렁덩그렁 울릴 것이다

참새네 가족

아기 참새 세 마리가 날벌레 한 마리를 잡아 서로 제 것이라고 우기며 다투다가 그것마저 휭하니 하늘로 날려 버리고는 언제 그런 일이 있었냐는 듯 열심히 고개를 주억거리며 마른땅을 쪼고 있는 강변의 오후

즘생

주차장에 세워진 SUV 지붕 위에서 낮잠을 자던 고양이 한 마리가 적막이 찢어지도록 하품을 하다가 시동을 걸기 위해 막 문을 열던 주인과 눈이 딱 마주쳤다. 그는 그를 향해 머쓱한 웃음을 한번 웃고는 이내 사자 같은 날렵한 꼬리를 뒤에 남기고 캄캄한 여름 땡볕 속으로 사라졌다

“아들아 안전하게”

구로디지털역점 무료 배달 홈서비스 소속 오토바이 한 대가 한신오피스텔 입구에 다급히 내팽개쳐져 있다. 방금 사람이 앉았던 따뜻한 등받이에 이런 문구가 적혀 있다. “아들아, 안전하게 다녀와라!”

그러므로

아침이면 새소리 구르고 언덕은 다시 부풀어 올랐다
그러므로 어제의 밤이 결코 괴롭고 긴 것만은 아니었다

여름의 초입

둥지에서 떨어진 제비 알을 두 손으로 받아
그것을 고요히 제 집에 넣어주었다는
어느 공순한 시인이 있었다

하구언에서

갈매기 한 마리가 광활하게 긋는 하늘의 수평선
그러나 여기서 아직 바다는 멀다

의자 2

방금 누군가 앉았다 간 의자 하나
강변을 향해 허리를 반듯이 펴고 있다

의자

그가 마지막으로 와서 자리에 앉자마자
둘러앉은 모든 사람들의 얼굴이 환하게 빛나기 시작했다

호수

작은 새끼 오리 한 마리가 잠수하면서 일으키는 물결 무늬가
이처럼 드넓고 둥글게 퍼져나가니
이따만 한 우주가 품을 벌려서 그들을 꼬옥 안을 수밖에

삼개로5안길

머리를 두 갈래로 딴 유치원생 소녀가
아침에 놓았던 엄마의 손을 꼬옥 잡고 돌아가는 저녁 귀갓길 풍경

후포

이제는 없는 듯이 있는 조용한 바다가 좋더라. 거센 파도가 밀려왔다가 거품처럼 슬며시 숨죽이는 곳. 월송정 지나 손등이 거뭇한 할머니가 제철 방어회를 떠 주는 횟집이 있는 곳. 여기에서 독도가 제일 가깝다고 하더라. 그러나 오늘은 돛배도 없고 그곳으로 부는 바람도 없어라. 젊은 시인들끼리 어울려 사진을 찍게 하고 우리는 그냥 볕살 좋은 모래밭이나 거닐며 보릿고개 넘던 서러운 시절을 이야기하고 싶더라. 땅 한 평 없어 식구들끼리 나와 바닷고기를 후린다고 해서 붙여진 이름 후포. 이제는 겨우 발밑이나 적시다가 고개 숙이며 물러날 줄 아는 겨울 바다가 나는 좋더라.

레지던스

제주시 구좌읍 상도리, 헌 농가의 돌담을 몰래 넘던 메꽃이 바지런한 이웃집 밭 주인에게 들켜 막 허공에 내밀던 발을 거두어들이는데 양 귓불이 시리게 붉다.

서설

높고 드넓은 파미르고원에 올해의 첫눈이 내려
오래전 죽은 양들의 목뼈를 가만히 덮는다

게 장수들이란 참!

연평 근해에서 잡혀 온 앞발 없는 꽃게 둘이 무거운 투구를 등에 인 채 너른 수족관 안을 천천히 옆으로 이동하는데, 이마에 뿔처럼 돋은 두 눈빛만은 겨울 바다처럼 쌩쌩하여 흐릿한 아침을 시퍼렇게 비추다.

파미르고원

해발 4천2백 미터 파미르고원 타지키스탄 유목민의 집 마당, 저보다 무거운 짐을 실은 당나귀 한 마리가 세찬 겨울비 속에서 조용히 눈을 내리깐 채 묵상하고 있다.

봄면댁

봄면댁 안마당에 살구꽃 피었다
누가 있어 살구꽃 줍나?
봄면댁 뒷마당에 복사꽃 피었다
누가 있어 그 복사꽃 줍나?

날다

윗밤섬과 아랫밤섬 사이에 커다란 바위가 있다
모든 새들이 그곳에서 부리를 찍으며 난다

목화밭

목화밭 사잇길로 걸었네
가지 않은 길
목화밭 사잇길로 걸었네
아직 오지 않은 길
목화밭 사잇길로 걸었네
끝내 사라지지 않을 길

계성유치원

9시 15분 정각 오늘도 어김없이 계성유치원 버스가 9동 앞에 멈추었다

엄마들 손에 이끌려 나온 솜털 같은 아이들이 버스에 오른다

다음 생에 다시 태어날 수 있다면 나는 꼭 계성유치원생이 되고 싶다

계성유치원은 용산성당 아래 아름다운 레바논 골짜기*에 있다

* 김종삼의 「시인학교」에서 차용함.

버스

노란 백팩을 멘 아이 둘이 어른들 사이에서 버스를 기다리고 있다
하나는 키가 크고 하나는 아주 작다
키 큰 아이가 작은 아이의 손을 꼬옥 잡고 있다
이번엔 절대 놓치지 않으려고

늙은 오리의 명상

오리는 아침부터 물 위에 떠서
바다가 젊은 바다를 밀고 가듯
조용히 자기 자신을 한번 밀고 가보는 것이다

새벽 4시

완전무장 한 환경미화원 노동자가 청소차 꽁무니에 매달려 겨울 속을 씽씽 달린다
세상에 장엄한 것이 있다면 바로 저것이다

유사 이래

까치가 눈밭 위를 사뿐사뿐 걷는다
아무런 사심도 없다

평화 2

방금 떨어진 새똥 하나가 지상을 파르랗게 물들이누나

자존自尊

호박꽃이 입을 꽉 다물었다
방금 들어간 벌 한 마리가 윙윙거리며 요동을 쳐도
호박꽃은 절대 입을 열지 않는다
그에게도 자존이 있기 때문이다

바람 속에서

배롱나무 배롱꽃이 새하얗게 지는 날
흐릿했던 길고양이의 두 눈이 화등잔처럼 반짝 켜지는 것을
바람 속에서 나는 지켜보았다

3부

아저씨

작은딸이 연세대에 갓 입학했을 때의 일이다. 채플 시간에 뒷자리에 앉아 토익 책을 펼쳐놓고 열심히 밑줄을 긋고 있었다. 바로 그때 목사님께서 다가와 말씀하셨다고 한다. “하나님 말씀도 좀 듣고 공부해야 하지 않겠나?” 그런데 얼떨결에 튀어나온 딸의 대답이 걸작이었다. “아저씨는 누구신데요?” 한바탕 웃음바다가 가라앉은 뒤 코끝에 걸린 안경을 들어 올리며 목사님이 가만히 말씀하셨다고 한다. “아, 나는 오늘 하나님께서 주신 아침밥 먹고 그 밥값 하러 온 사람일세!”

나의 서울아산병원 방문기

잠실 시영아파트에 살 때 둔덕 건너 풍납동에 들어선 아산병원을 볼 때는 그저 흰 건물 하나가 들어섰구나,라고 심드렁했다. 그로부터 40여 년이 흘렀나. 아내를 데리고 3개월에 한 번씩 드나들 때마다 그곳은 병원이라기보다는 하나의 거대한 도시. 직원 수만 7천여 명에다 세계 7대 병원 중 하나란다. 신관 주차장 B3에 주차해놓고 엘리베이터를 타고 B1에 오르면 여기는 전혀 다른 세상. 온갖 열대 과일이며 베이커리, 명품 음식을 파는 푸드 코트가 이어진 긴 회랑을 지나 오른쪽으로 꺾으면 동관 저층 엘리베이터 앞. 그런데 식당가에서 마주치는 휠체어 탄 환자와 보호자 들, 그리고 유모차를 끌고 나와 쇼핑하는 듯한 젊은 사람들은 왜 그렇게 많은지?

동관 4층 정신건강의학과 김성윤 교수 예약 시간은 오후 1시 45분. 내방객들은 많고 적은 수의 간호사들은 코로나19 때문에 환자와 보호자 들을 일일이 체크하느라 정신없었다. 짧은 진찰 끝에 처방전을 받아 입구에 설치된 기계에 바코드를 찍고 계산하고 약국을 지정하면 이번엔 동관 후문. 여기서 '가장큰현대아산약국' 안내원을 찾아 그가 호출한 차량에 탑승하면 한참을 굽이돌아 정말 큰 현대아산약국. 입력된 약을 타고 계산을 하고 뜨거운 믹스커피 한 잔. 약국 차로 돌아와 손소독제를 바르며 신장내과, 청년당뇨검사실, 채혈실 등이 늘어선 신관 긴 복도를 걸어 이제 B1로 가는 에스컬레이터를 타야 한다. B1 끝에서 한참을 기다려 주차장 B3. 핸드폰에 찍힌 번호를 확인하여 차를 찾은 뒤 이번엔 주차 요원의 도움으로 앞뒤를 가로막은 덩치 큰 SUV 차량들을 밀쳐내고 B3를 빠져나오는 데만 30여 분. 차는 올림픽대로를 따라 천호동 쪽으로 가다가 유턴하여 올림픽대교를 탄다. 거기서 다시 강변 도시고속도로로 연결된 두번째 출구를 찾아 나가면 드디어 마포행. 휴우, 오늘 나의 서울아산병원 방문기는 여기서 끝난다.

어느 소년

이대흠이 목포 푸른바다수산에 부탁해서 고 선생과 내게 생선을 보냈는데, 주인이 주소를 잘못 적어 내게 올 것도 그만 고 선생 댁으로 가고 말았다. 불시에 크다란 냉동 박스 두 개를 받아 든 선생은 고개를 갸웃거리다가 뒤늦게 대흠이 전화를 받고는 오랜만에 어린아이처럼 기뻐하셨다고 한다.

모처럼 외출

나도 병들었지만 나보다 더 큰 병 든 아내를 집에 홀로 두고

강남 최신 주점 레몬트리에서 부어라 마셔라 하다 돌아온 새벽 2시

신발장의 신발들만이 유독 가지런하구나

유문교

문교는 하회 유씨로 이웃 오미리 운조루와 한 문중이다. 문수골에서 오미리를 거쳐 흘러오는 물길이 그의 집 앞에서 맑게 고여 둠벙을 이뤘는데 그 안쪽 깊숙이 수염 덥수룩한 그의 할아버지 방이 있었다. 들큼한 냄새 나는 말코지엔 늘 소의 발 같은 짚신들이 두둑이 걸려 있었다. 그곳은 어린 우리의 놀이터. 우르르 몰려가면 "얘들아, 우리 문교하고 사이좋게 놀아라!" 하고 빈 망태를 들고 나가셨는데 그는 외아들을 지리산에서 잃은 뒤 며느리를 동네 부자인 금산 양반의 후살이로 보낸 슬픈 노인.

문교 어머니는 그 집으로 들어가 성이 다른 문교의 동생들을 쑥쑥 낳아 그렇잖아도 붉은 금산 양반의 얼굴을 더욱 훤하게 만들었다. 그런데 신기한 것은 문교가 이복동생들을 친동생처럼 귀애하고 동생들도 문교를 "형님, 형님" 하며 극진히 따른다는 것. 명절이면 문교는 아예 사랑채에 머물며 금산 양반의 큰아들 노릇까지 했다.

농업학교를 졸업한 문교는 한 번도 고향을 떠나본 적이 없이 구례에 눌러사는데, 요즘은 오토바이를 타고 다니며 읍내에서 식당을 한다고 한다. 시인 박성우가 내 고향 집을 못 찾아 이리저리 헤매고 있을 때 "어, 시영이는

내 친구인데!" 하며 오토바이에 그를 태워 옛 우리 집 우물가에 내려주었다는데 나는 한 번도 그를 찾은 적 없다.

중학 시대

인태 형과 진식이 형 그리고 몇이 더 있었던가. 하굣길의 아래 냇가 지나 방아다리쯤이었을 것이다. 누가 갑자기 승렬이 형에게 의붓자식이란 말을 했다. 그날 오후 햇볕은 밝았고 토끼풀 향기는 강렬했다. 상대를 코피 나게 쓰러뜨린 승렬이 형이 이번엔 언덕 아래로 데굴데굴 구르며 통곡하기 시작했다. 진식이 형이 달래고 얻어맞은 친구가 다가가 잘못했다고 빌어도 울음은 다저녁때가 되도록 그치지 않았다.

몇십 년 뒤 서울의 어느 장례식장에서 본 승렬이 형은 훤칠한 노신사가 되어 있었다. 오랜만이라며 맞잡은 그의 두 손은 따뜻했으나 눈빛은 강렬했다. 1950년대 지리산 밑 마을에는 의부를 둔 소년들이 많았다. 장에 갈 때도 늘 조심조심 외길로만 다니다 우리를 만나면 "승렬이 동무들이구나!" 하며 선한 코끝을 들어 반색하던 그의 어머니가 생각난다. 그리고 잠방이 밖으로 아랫배를 내밀며 끙 하고 풀짐을 지고 일어서던 시원한 너털웃음의 그의 새아버지도.

호미씻이

백중을 얼추 앞두고 만벌매기가 끝나면 사람들은 그 집 머슴을 사다리에 태우고 주인집으로 향한다. 땡볕 아래 고된 초벌매기 두벌매기에 등이 휘어진 일꾼들이 스스로를 달래기 위한 놀이였다.

그날 해가 반 뼘쯤 남아 있을 무렵, 들가운데 논에서 출발한 사다리가 작은 머슴 낙식이 형과 큰 머슴을 태우고 우리 집 사립을 밀치고 들어서자 우렁우렁한 일꾼들의 목소리에 온 집 안이 흥성거렸다. 이때 주인은 통 크게 막걸리 몇 통과 돼지고기, 호박적 같은 것들을 내놓아 그들을 대접해야 하는데, 그날따라 아버지는 밖을 한번 흘끗 내다보고는 사랑방 문을 꽝 닫고 들어가 나오지 않았다. 호미씻이에 들떴던 사람들이 두세두세 흩어지고, 얼굴에 숯검정 칠까지 한 낙식이 형이 송아지 같은 눈을 뜨고 한동안 마당 끝에서 서성거리던 모습이 잊히지 않는다. 그날 밤 나는 이슬이 내리는 평상에 누워 초롱초롱한 별들을 올려다보며 커서는 절대로 아버지 같은 어른이 되지 않겠다는 결심을 했다.

초당

동네에서 가장 성실한 농군인 우리 아버지 무슨 바람 불어 뒤 개울가에 초당을 세웠을까. 산골 물 찰찰 흘러넘치던 육모정 옆 초가 한 채까지 사들여 바람 불면 거기 대숲 살랑이는 소리 참 듣기 좋았지. 초당에선 간혹 어른들의 시회詩會 같은 것이 열리기도 했지만 평소엔 늘 아이들의 숨굴막질 놀이터. 뺨을 대고 누우면 마루에서 확 풍기는 소나무 냄새가 나는 좋았다. 초당 바로 위는 꽤 넓은 우리 집 산비알 밭. 아침마다 긴 물괭이 들고 물꼬 보러 나간 아버지 앞들 정자나무 아래에서 큰 소리로 외치셨지. "저 초당 위에 엎드린 사람들, 그만 좀 일어나시오!" 먹을 게 귀하던 시절 호박이나 부추 토란 등 아침거리를 마련하던 흰옷 입은 아낙들 재빨리 밭에서 나가곤 했다.

문수골에서 콸콸 흘러온 물 뭉툭한 바윗돌 사이로 흐르고, 겨울이면 고운 눈 뒤집어쓴 채 며칠째 산짐승처럼 웅크리던 초당. 지금은 주인도 바뀌었고 계곡 물 마른 지 오래건만 그 비알 밭 호박 제일 많이 먹고 자란 현식이 형님, 바로 그 초당 뒤에 꽤 너른 집 짓고 죽은 어머니 곁에 모시고 산다.

돈암탕

어스름 무렵 북의 남대현과 남의 김훈이 백두산 밑 삼지연 려관 마당에서 만났다. 내가 중간에 끼어들어 둘이 돈암국민학교 동기일 거라고 말해주어도 처음엔 서로 서먹하기만 했다. 그런데 가만히 팔짱을 끼고 있던 김훈이 갑자기 생각났다는 듯 남대현을 향해 "정릉천 쪽에 있던 돈암탕 알아요?" 하고 물으니 남대현이 "그 동네에서 제일 높던 빨간 굴뚝?" 하며 반색을 하는 것이었다. 둘은 그날 밤 삼지연 매점 안 들쭉술을 다 마셔버려 남의 술꾼 이문재를 무척이나 섭섭하게 했을뿐더러, 다음 날 새벽 아무런 준비 없이 반팔에 반바지 차림으로 천지에 오른 김훈은 자동차 시트로 온몸을 감싸고 매서운 추위에 오돌오돌 떨어야 했다.

추억에서

꿈에 고행렬과 함께 화엄사 계곡을 건너는데 물이 하도 맑아 징검다리 아래 빠가사리는 물론 지리산에서 떠내려온 장정들의 머리통만 한 돌들의 모습이 선명하게 보였다. 그곳이 아마 이 세상의 계곡이었나? 그러거나 말거나 나는 초등학교 하학길이면 물 마른 천변에서 그 돌들을 불상처럼 깎으며 놀았고, 행렬이는 뒷날 구례읍 제빵사로 일하다가 아버지 부음을 듣고는 속초로 올라가 공무원이 되었다. 아, 금강산 가는 길에 있던 눈 많은 고장 고성군 현내면. 천연의 겨울 바다가 언덕을 들이받으며 부서지던 아름다운 곳의 소년 면서기.

기념사진

어젯밤 꿈에 시골집엘 내려갔더니 새하얀 무명옷으로 잘 차려입은 할머니들이 갓방에서부터 도장방 안방 마루 그리고 정지간 앞 봉당에까지 줄느런히 앉으셔서 환히 웃고들 계셨는데 근심이라곤 하나도 없어 보였다. 시집올 때부터 갖고 온 이름 그대로 지정댁 외미동댁 논실댁 홍대댁 부무동댁 봄면댁. 그리고 택호는 잊어버렸지만 한가운데 길로 죽 올라가서 수창이네 집으로 꺾어지기 직전 언덕에 우뚝하던, 평소에도 신기가 좀 있다던 양출이 형네 고운 어머니. 어디서 무엇 하시다가 이렇게들 한자리에 모이신 것일까. 나는 세상에서 제일 끼끗한 그분들의 모습을 한 장 한 장 박아드리고 하동행 버스를 타러 나갔다.

가을비 속에서

어머니 아버지는 자식을 열이나 낳았다
그중에 여섯은 죽고 넷이 살아남아 여기저기 흩어져 산다
그러므로 나는 오늘 결심한다
죽은 형제 누이 들의 삶도 내가 다 살아야겠다고

박명

어제 그가 앉았다 간 자리가 아직도 따스하다
그는 자기의 전생을 거기에 내려놓고
지난 슬픈 사랑을 이야기했다
하늘의 별이 깜빡인다
바야흐로 사람의 밝은 시간이 사라지고
신의 어둑한 시간이 다가오는가

어느 묘적계

산 사람들을 등재한 호적부가 있었다는 얘긴 들어봤지만 죽은 사람들의 주소를 적은 묘적계가 있다는 것은 처음 알았다. 대정大正 4년(1915년) 9월 전라남도 구례군 마산면 사도리 5통 5호 이제필李濟弼이 구례헌병분견소장求禮憲兵分遣所長 전殿에 계출한 묘적계墓籍屆에 의하면 나의 조부 이봉호李鳳鎬 씨는 개국오백구년유월십육일(開國五百九年六月十六日, 1901년) 사망한 후 장자인 나의 아버지를 제주祭主로 전라남도 구례군 토지면 문수리 우림록민유산右林鹿民有山에 안치된바 좌측에 첨부된 묘지약도에 의하면 빨강과 노랑 먹색으로 묘지 위치는 물론 주변의 바위, 인근의 타인 묘와 나무, 집, 산, 밭, 논, 내와 긴 시옷 자로 뻗은 도로까지 상세 선명하게 그려져 있어, 지금이라도 곧장 그 간략도簡略圖를 들고 가 삐쭉삐쭉 솟은 스물일곱 그루가 넘는 소나무 숲속 할아방 같은 바위 밑에 고요롭게 누우신, 그러나 곁에는 두 분의 가까웠던 친척 무덤도 함께 둔, 1세기도 훨씬 지난 나의 할아버지를 만날 듯하다. 117년이 지나도 낡지 않은 미농지를 제공해준 구례헌병분견소장과 그 위에 '범례凡例' 표시와 함께 생생한 그림을 그려준 대서인代書人 상전순웅上田純

雄 씨에게 특별히 감사의 마음을 표한다.

“납품업자들!”

광산廣山 구중서 선생의 본本은 능성綾城*이며 경기도 광주廣州 태생이다. 원래는 문학평론가로 출발하여 이름을 떨쳤지만 정년 후에는 시조 짓기와 운필運筆에 능하여 간혹은 「상선약수上善若水」 같은 명품을 인사동 단골 주점 등에 남겨 그림 그리는 이들의 곱지 않은 시선을 받기도 한다. 능성 구씨 문중은 마치 선남선녀들의 저수지인 듯 인조의 어머니인 인헌왕후를 비롯하여, 소현세자의 적장녀 경숙공주의 구봉장부터 중종의 적3녀 효순공주의 구사안에 이르기까지 무려 다섯의 부마駙馬를 배출하여 경기 일원에 소유한 과전科田만도 상당했을 것이다.

한번은 청진동 어느 술자리에서 집안 얘기가 나오자 한산이문韓山李門 이문구 선생이 구문具門을 가리켜 “아, 납품업자들!” 운운하여 주변의 탄성을 자아낸 바 있으나, 정작 광산은 그 두꺼비 같은 눈을 가늘게 뜨며 이렇게 응수하는 것이었다. “납품도 일단은 물건이 되어야지!” 그래서 그런지 몰라도 요즘 구 선생은 한국작가회의 광주 지부 회원으로 가입하여 그 활약이 대단하시다.

* 오늘의 전남 화순군 능주면.

안골목

어머니 나를 업고 재용이네 집 앞 안골목 걸으실 때
발밑에 사부작사부작 깨어지던 그 살얼음 소리
지금도 이승인 듯 또렷이 들려오네

딱 한 잔

임종 직전 아버지는 내 여동생의 손목을 꼬옥 잡고
소주를 딱 한 잔만 드시고 싶다고 하셨다 한다

듣는 사람

좋은 시인이란 어쩌면 듣는 사람인지 모른다
그래야 깊은 산 삭풍에 가지 부러지는 소리도 들을 수 있고
놀라서 달음박질치는 다람쥐의 재재바른 발자국 소리도 조심조심 들을 수 있다
때론 벼락처럼 첨탑 높은 교회당을 때리는 야훼의 노한 음성도
어릴 적 볏짚 담 너머 키 작은 어머니의 다듬이 소리도 함께 들을 수 있다
좋은 시인이란 그러므로 귀가 쫑긋 솟은 사람인지 모른다
그래야 잉크병 얼어붙은 겨울밤 곱은 손 불며
이 모든 소리를 백지 위에 철필로 꾹꾹 눌러쓸 것이다

한밤중

한밤중 살강 위에 엎어놓은 사기그릇이 쨍그랑 하고 바닥에 굴러떨어지는 소리가 들렸다. “네 이놈들 거기 그대로 있거라!” 어머니가 부엌에 달린 안방 문을 와락 열고 나서자 희미한 불빛 속에서 아기 쥐 세 마리가 까만 눈망울을 굴리고 있었다. “허긴 너희들도 먹고 살아야지. 그런데 에미는 어디 갔다냐?” 부엌문이 다시 꽝 하고 닫히는 소리가 들렸다.

복원

구례 사는 김인호 형이 지리산 반달가슴곰 이동 경로가 희한하게도 한국전쟁기 빨치산들의 그것과 유사하다는 국립공원공단 종복원기술원 생태 지도를 페이스북에 올렸는데, 70여 년 전의 옛길을 곰들이 찾아냈다는 것도 신기하지만 그들이 뚫고 다니는 길이 섬진강 건너 구례군 문척면 간전면을 지나 광양군 백운산까지, 그리고 반야봉을 훌쩍 건너뛰어 남원시 주천면, 경상남도 산청군 생초면, 거창군 신원면 묘산면을 거쳐 김천시 수도산까지 점점이 이어져 있으니 인간이 이루지 못한 꿈을 곰의 두둑한 발들이 대신 쓰고 있다는 생각이 들어 이 아침 문득, 가슴이 서늘해지다.

고골을 생각함

고골의 「외투」에 나오는 9급 공무원 아카키 아카키에비치 같은 사람이 아직도 우리 마을에 살고 있다면 믿으시겠습니까? 평생을 어두운 지하상가에 앉아 옷 수선 일감을 성실하게 수납해주는 아직 안경도 쓰지 않은 육십대 남자랍니다. 지난 6월 19일 상가喪家에 가기 위해 검은 정장을 꺼내 입고 나왔다가 상의 아랫단이 터져 들렀더니 "아, 언제 다시 이사 오셨어요? 오랜만에 보는 옷인데요" 하며 즉석에서 날랜 솜씨로 마감질을 해준 그를 볼 때면 나는 그가 이 동네 모든 옷의 주인들을 훤히 알고 있다고 생각합니다.

고골은 그의 독자들을 즐겁게 해주기 위해 아카키 아카키에비치로 하여금 골목길에서 엉뚱한 물벼락을 맞게 하여 그의 목숨보다 소중한 외투를 버리게 하지만, 옷을 보고 그 주인을 알아보는 선량한 이마를 지닌 사람이 우리 사는 세상에 더 많아졌으면 합니다. 엊그제 같은 아파트에 사는 여자 동창과 우연히 마주쳤는데 "지난주에 이사 왔지요?" 하기에 깜짝 놀랐더니, 그 역시 수선사의 오랜 단골이었습니다.

도계암

지리산 천은사 도계암에는 이빨이 가지런한 여러 명의 소년 스님이 사시는데 이른 아침부터 독경 소리가 하도 청량하여 성산재 계곡에서부터 콸콸 흘러오던 물길들도 그곳을 지날 때는 일부러 소리를 죽인다는데, 그래서 그런지 가녘의 깊은 물로 지은 밥은 찰지고 맛있기가 으뜸이라고 합니다.

이 암자의 노스님 또한 어릴 적 강보에 쌓여 절집 문 앞에 놓인 후 할머니 스님의 경책 소릴 들으며 자란지라 이빨이 가지런하고 미소가 어여쁘기 그지없어 사람들이 그를 부를 때면 법명 대신 칠석이란 속명을 빗대어 칠득이, 칠득이 스님이라고 한답니다.

근처에는 이 별호를 따 매실을 기르는 '칠득이 농원'도 있다고 하는데, 자유당 시절 그는 지리산을 온통 민둥머리로 만든 산판 개발을 막기 위해 총무원에 올라가 민머리를 들이대며 싸움을 벌인 열혈 스님이기도 했답니다.

If I am a bird, I will fly to you!

중학교 갓 입학해서 배운 이 문장이 영 지워지지 않는다. 한쪽 눈이 의안인, 그래서 늘 불그스레한 선글라스를 쓴 중키의 황 아무개 선생님. 그는 왜정 때 동경제일고보에 네 번이나 낙방하고도 또다시 도전해서 떨어진 의지의 고학생이었는데, 말보다 먼저 성마른 침이 튀어나오고 특히 위의 구절을 적을 때엔 부러진 백묵을 흑판에 따악딱 소리가 나도록 집어 던져 교실 뒤쪽 큰 아이들의 머리통에까지 하얗게 날아와 맞곤 했다.

연어샐러드에 관한 추억

2001년 6월이었다. 금강산 남측 초대소에서 북의 문인들에게 만찬을 대접할 때였다. 식탁에 캐비어와 오렌지, 어린잎 채소가 듬뿍 얹힌 연어샐러드가 올라와 있었는데 아무도 거기에 손을 대지 않았다. 처음엔 이분들이 남측 초대소 음식이 입에 맞지 않아 저렇게 독한 소주만을 들이켜는가 했었는데 그것이 아니었다. 생전 처음 보는 음식이었기 때문이다. 그날따라 북의 초대소로 돌아가는 오영재 시인의 눈빛이 어둠 속에서 더욱 붉어 보였다.

문을 열다

수덕사의 높은 산방에서 이 절의 방장 설정 스님은 이국에서 온 작가들에게 "제 스승은 101세에 열반에 드셨는데 그날 아침에도 '지금이 몇 시냐'고 물으셔서 '8시입니다' 했더니 '알았다'고 말씀하시고는 잠깐 뜰 아래를 내려다보시고는 바로 돌아가셨다"며, 대체 죽음이란 이처럼 문을 열고 나가듯이 조용히 맞이하는 것이라며 그의 곁에 다가선 푸른 눈들을 향해 조용히 말씀하시는 것이었다.

흑백 사진 하나

정은귀 님이 몇 년 전 페북에 올린 사진 한 장. 폭격으로 검은 연기 자욱한 바르샤바 시내를 어느 건물 옥상에서 내려다보는 두 여인의 모습이 잊히지 않는다. 단정하게 묶은 뒷머리와 긴 코트, 그리고 신을 향한 기도인 양 난간 위에 가지런히 올려놓은 두 손.

연합-로이터

4일 철조망이 쳐진 미국과 멕시코의 국경인 리우그란데 강 위에 미 국경보안기관의 헬리콥터가 떠 있는데, 바로 그 아래 풀숲 바위에 기대어 온두라스 출신의 젊은 연인이 서로의 입술을 포갠 채 격렬한 포옹을 나누고 있다. 신이 계시다면 제발 저들에게 잠시 동안의 은총을!

해설

박[匏]의, 긴~ 생애

김주연
(문학평론가)

1.

순수의 회복은 가능할까. 시인 이시영은 나지막하게 묻는다. 그러나 시집 『나비가 돌아왔다』에서 답은 벌써 주어져 있다. 그럼에도 그 가능성을 알아보기 위해서는 잠시 이 시대가 어떤 시대인지 함께 물어보아야 한다. 아날로그에서 디지털로 세상이 수직 이동한 지는 벌써 한참 지났고 인공지능과 사물인터넷의 생활 현실 속을 바야흐로 살아가고 있다. 미디어가 현실을 지배하는 가운데 카톡이나 페이스북 따위가 삶을 쥐락펴락하고 있다. 작은 스마트폰 속의 영상과 글자 들이 심지어 사람의 생명을 좌우한다. 온갖 정치 행위도 그 속에서 이루어지며, 악의적인 댓글 등의 문자 폭력으로 소위 '극단

적 선택'을 하는 사람들조차 줄을 잇는다. 드론과 무인 자동차 등이 사람들의 일자리에 들어서고 있으며, 낭만의 물레방아 자리에는 갖가지 성범죄와 고소 고발이 난무한다. 요컨대 자연과 인간을 사랑하는 따뜻한 시간은 사라진 지 오래되고, 더 급격히 보기 힘들어졌다. 인간과 자연 원래의 모습이 순수라면, 그 순수는 확실히 존재하지 않는다. 그렇다면 그 순수는 과연 회복 가능할까. 아니, 회복될 필요는 있는 것일까. 앞의 질문은 이시영의 것이고 뒤의 질문은 나의 것이다.

강변에 나비가 돌아왔다
아무것도 아닌 것 같지만
저것은 세계가 변하는 일이다

—「나비가 돌아왔다」 전문

표제작이기도 한 짧은 삼행시 「나비가 돌아왔다」는 바로 이를 질문하고 있는데, 거기에는 물음과 답이 함께 함축되어 있다. 무엇보다 이 시는 이미 강변에 나비가 사라졌다는 사실을 전제, 보고하고 있다. 더불어 강변이나 나비에 무심하게 살아온 우리의 마비된 감성과 몸을 툭 하고 건드린다. 나비나 강 따위 자연에는 무심한 채 우리 속의 아픔과 욕망을 들여다보는 일에 익숙해 있던 몸이 순간 움찔한다. 강변이나 나비쯤 '잊고' '잃고'

있다는 사실마저도 문득 기억이 조금 살아난다. 그들은 사람에게 직접적인 영향을 주지 않지만, 마치 고향처럼 정서의 바탕에 자리 잡고 있었다는 사실도 깨달아진다. "아무것도 아닌 것 같지만" 아무것도 아닌 게 아니다. 이 시집은 정말이지 아무것도 아닌 것 같은 일이 아무것도 아닌 일이 아니라는 사실을 서늘하게 일러준다. 자, 그렇다면 시의 제3행이 말해주듯 그것은 과연 "세계가 변하는 일"일까. 사라진 나비가 돌아왔다는 것은 자연을 몰아내었던 사람들의 세계관 속에 자연이 다시 소환되고 있다는 인식의 전환을 말해준다. 엄청난 변화다. 그러나 이것은 이시영 안에서의 변화다. 아니, 이시영에게서는 처음부터 변화가 없었을 것이다. 이는 세상의 변화를 촉구하는 시인의 마음이다. 하여간 그는 나비가 돌아왔다고 반가워한다. 이 반가움은 자연 친화적인 시인이 그동안 자연을 상실해온 현실에 대해 불만의 세월을 지내왔음을 반증한다. 자연을 발견하고 기뻐하는 모습은 이 시집의 풍성한 풍경을 이루고 있다. 서늘하다.

평택 들판의 황혼 녘, 할아버지 한 분이 염소를 끌고 가다 줄을 놓치자 이번엔 염소가 온 힘을 다해 할아버지를 끌고 집으로 돌아가는, 참 아름다운 저녁 한 장을 연출하고 있습니다

—「KTX에서」 전문

가을비가 세차게 내리꽂히는 아침, 제비들이 처마 끝에
두 발을 얌전히 오그리고 앉아 하늘을 올려다본다

—「처서處暑 전」 전문

닭들은 그 둥주리가 어디에 있든 간에 푸드득 날개 치
며 사뿐히 마당에 내려앉아 자기가 금방 저기에 눈부신 뜨
거운 알을 낳았음을 큰 소리로 알린다

—「알」 전문

인용 시들은 자연을 반가워하는 단시라는 특징 이외에도 그 자연물이 염소, 제비, 닭 등의 동물이라는 공통점을 가진다. 동물은 꽃, 나무 등의 식물, 그리고 돌멩이 따위의 광물과 달리 훨씬 능동적인, 움직이는 자연이다. 그러나 신기하게도 이시영의 동물은 역동적인, 거친 힘과 연관되지는 않는다. 제비들은 "두 발을 얌전히 오그리고 앉아" 있고 닭들은 "사뿐히 마당에 내려앉"는다. 염소를 끌고 가다 줄을 놓치는 할아버지 대신 "온 힘을 다해 할아버지를 끌고" 집으로 돌아가는 염소의 모습이 예외적으로 힘차게 보일 정도다. "즘생"이라는, 힘이 기대되는 동물을 제목으로 삼은 시에서도 고양이 한 마리의 에고이스틱한 모습이 그려져 있을 뿐이다. 그리하여 비록 동물이라고 하더라도, 그는 행동 대신 명상을 즐긴

다. 예컨대 「늙은 오리의 명상」을 보자.

오리는 아침부터 물 위에 떠서
바다가 젊은 바다를 밀고 가듯
조용히 자기 자신을 한번 밀고 가보는 것이다

—「늙은 오리의 명상」 전문

이시영의 시는 따라서 길이가 길 필요가 없다. 동물의 어떤 움직임을 가볍게, 짧게 스케치해도 거기에 동물의 일생을 함축하는, 그리하여 결국 생명의 기미를 포착하는 순간이 시화詩化되는 것이다. 생명의 귀중함을 통한 자연의 존중은 식물에 대한 깊은 관심과 애정에서도 마찬가지로 드러난다, 조용히 순간을 관조하는 시인의 기질은 오히려 이쪽에서 더욱 일체감을 일구어낸다.

나는 박꽃이 있는 여름 시골집이 좋았다
박꽃은 넝쿨을 타고 올라가 초가지붕 위에 커다란 박들을 굴렸다
가을이 오면 저것들은 푹푹 삶아진 뒤 속이 텅 빈 바가지가 되어
겨우내 정지간 시렁 위에서 덩그렁덩그렁 울릴 것이다

—「박꽃」 전문

이 시는 역시 짧은 길이의 시임에도 불구하고, 박의 긴 생명력을 노래함으로써 생명의 오묘함과 강인함, 그 질서를 드러내주는 탁월한 의미의 울림을 자랑한다. 박은 박꽃 넝쿨을 뻗혀 박을 만든다. 여름에서 가을에 걸치는 성장과 성숙의 과정은 동물의 그 어떤 움직임보다 괄목할 만하다. 넝쿨이 뻗어나가는 모습, 그 얼마나 가관의 역동성을 보여주는가. 그렇게 도달한 가을날, 박은 아낌없이 그 내용물을 내놓는다. 그 어느 헌신과 열매가 이와 같으랴. 그리고 마침내 박은 자기를 모두 비운다. 그러나 이 비움은 공허하지도 허무하지도 않다. 이 시의 백미를 이루는 마지막 행을 다시 한번 음미한다.

겨우내 정지간 시렁 위에서 덩그렁덩그렁 울릴 것이다

농가에서 흔히 휴업, 폐업, 동면의 계절로 이야기되는 겨울이 여기서 깊은 아름다움으로 살아난다. 그 아름다움은 "덩그렁덩그렁"거리는 '울림' 속에서 싱싱하게 살아난다. 속이 빈 박의 소리는 실제로도 텅 빈 울림을 갖는데, 시인은 바로 그 울림을 '덩그렁덩그렁'으로 표현한 것이다. 시인이 울려주는 그 소리는 박을 통해 모든 사람의 귀와 마음을 풍성하게 채워주는데, 게다가 그 놓여 있는 곳이 바로 정주간 시렁 '위'라고 하지 않는가. 그곳은 바로 밥이 만들어지는 곳, 사람들의 생명을 뒷받

침해주는 경건한 장소이다. 이 짧은 시의 촌스러운 울림이 담고 있는 엄중한 메시지가 문득 우리 모두를 일순 심각하게 뒤돌아보게 하는 이유다. 이처럼 박과 같은 식물을 통해서 주는 시적 교감의 감동은 시집 구석구석에 은밀하게 배어 있는데, 가령 다음과 같은 물음 형태를 통해 우리를 깊은 사유로 이끌기도 한다.

봄면댁 안마당에 살구꽃 피었다
누가 있어 살구꽃 줍나?
봄면댁 뒷마당에 복사꽃 피었다
누가 있어 그 복사꽃 줍나?

—「봄면댁」 전문

목화밭 사잇길로 걸었네
가지 않은 길
목화밭 사잇길로 걸었네
아직 오지 않은 길
목화밭 사잇길로 걸었네
끝내 사라지지 않을 길

—「목화밭」 전문

「봄면댁」에 나와 있는 풍경은 살구꽃과 복사꽃이 봄면댁이라는 집 마당(안마당 혹은 뒷마당)에 피어 있는 것이다. 그것은 그저 그림과도 같다. 그러나 이때 소중한 것은 화가에게 그렇듯이 시인에게도 그 모습이 포착되었다는 점, 그리고 바로 그 순간이다. 자연은 달라지지 않았으나 현대인의 눈에서 그 자연은 얼마나 빠른 속도로 사라져왔는가. 그러나 이시영의 눈에서 그 자연은 이 순간을 통하여 살아 있다. 특이하다고 할 것은, 그 순간을 소유하지 못한 인간을 시인이 호출하고 있다는 점이다. 시인은 묻는다. "누가 있어 살구꽃 줍나?" "누가 있어 그 복사꽃 줍나?"

"누가"는 물론 인간 아니겠는가. 여기서 "누가"는 '없는 인간'이다. 자연 앞에서 부재의 형태로 존재하는 인간은 시인에 의해 실재하는 인간으로 되살아날 것을 재촉받는다. 부재의 한탄이자 실재를 향한 조용한 외침이다. 살구꽃이나 복사꽃을 줍는 인간은 거의 없어졌지만, 시인 이시영에 의해 그 부활의 가능성이 이제 살짝 엿보이게 된 것이다. 그 가능성은 언제나 괜찮은 시를 통해 열린다는 것을 여기서 알게 된다. 두번째 시 「목화밭」도, 거창하게 말한다면, 비슷한 세계관 위에 있다. 이 시에서 시적 화자는 "목화밭 사잇길로 걸었네"라고 당당하게 자연과의 동행을 표명한다. 아무도 "가지 않은 길"을 걸었다는 진술에서 시인의 의연함이 드러난다. "아직 오지 않은 길"이라거나, 마지막 행 "끝내 사라지지 않을 길"이라는 단호한 표현을 보면 시적 애매모호성마저 거부

하는 자연과의 악수가 든든해 보인다. 시적인 서정이 좀 부족한가? 아니다. 그러한 시적 배려는 목화밭 '사잇길'이라는 처음부터의, 그리고 반복되는 3행의 운율을 통해 충분히 자연스럽게 그려진다. '사잇길'은 목화밭 자체가 아니라, 자연과 인간과의 '사잇길'이라는 겹치는 뜻, 즉 중의성을 내포한다. 원숙한 중진 시인의 경지가 슬쩍 비치는 아름다운 배치다. 이런 의미에서 시인이 아예 제외되고 오리의 세계가 그려지고 있는 두 편의 시 「호수」와 「늙은 오리의 명상」은 절대시絶對詩*에 가까운 수작이라고 할 만하다.

작은 새끼 오리 한 마리가 잠수하면서 일으키는 물결무늬가
이처럼 드넓고 둥글게 퍼져나가니
이따만 한 우주가 품을 벌려서 그들을 꼬옥 안을 수밖에
—「호수」 전문

「호수」와 「늙은 오리의 명상」 두 편이 모두 오리를 관찰하면서 씌어진 작품인데, 첫번째 시는 물결을 일으키는 오리의 아름다움과 능력에 대한 것이며, 두번째 시는

* "아무에게도 향하지 않는 시"라는 20세기 전반 일부 독일표현주의 시인들의 시.

오리의 자기 성찰에 대한 시인의 관조이다. 공통된 것은 오리라는 동물이 지닌 자율적인 세계를 시인이 조용한 놀라움으로 확인하고 있다는 사실이다. 물결무늬의 아름다움을 묘사하면서 시인은 "우주가 품을 벌려서 그들을 꼬옥 안"는다고 오리의 안과 밖을 예찬한다. 오리로 표상되는 자연의 위대함이 그 충분한 이유를 밝혀 보여준다.

2.

상실된 자연의 순수성을 조용히 그리워하고, 담백하게 그 모습을 그리고 있는 이시영의 시를 '정태적인 물상의 풍경'이라고 간단하게 칭송하고 지나가면 많은 부분을 놓치게 된다. 그의 시에는 무엇보다 역사의 왜곡과 허위에 대한 적발이 있고, 고단한 삶과 인생에 대한 달관의 유머와 풍자가 있다. 그렇기에 그의 시는 자연과 문명의 대립, 역사의 부조리에 대한 통한과 같은 무거운 주제를 다룰 때에도 결코 그것을 무겁지 않게, 슬프고 비탄스럽지 않은 울림을 잔잔하게 던진다. 그것이 슬프다. 가령 「참새네 가족」「게 장수들이란 참!」「납품업자들!」 등을 읽으면 인생의 깊은 바닥을 거쳐 나온 해학의 목소리가 우리를 문득 경건하게 한다. 가령 「참새네 가족」은 그 한 편이 짧은 우화다.

아기 참새 세 마리가 날벌레 한 마리를 잡아 서로 제 것이라고 우기며 다투다가 그것마저 휭하니 하늘로 날려버리고는 언제 그런 일이 있었냐는 듯 열심히 고개를 주억거리며 마른땅을 쪼고 있는 강변의 오후

—「참새네 가족」 전문

짧은 서사를 지니고 있는 이 시는 시적 관찰자와 대상의 주체화, 그리고 간명하게 묘사하고 진행하는 시적 어법(이른바 포에틱 딕션Poetic diction)이 어울려 가슴 찌르는 한 폭의 서정성을 완성하고 있다. 참새 세 마리가 날벌레 한 마리를 놓고 서로 제 것이라고 다투는 모습—다투는 것인지 어찌 알겠는가. 시적 관찰자가 된 시적 화지의 생각일 뿐이다. 그러나 그러한 관찰자의 판단과 묘사에 독자들은 슬그머니 동화된다. 이른바 객관의 주관적 이행이다. 그사이 날벌레는 휭하니 날아가버리고 참새들은 마른땅만을 쪼고 있을 뿐이다. 어느 강변의 오후 풍경이다. 아무 일도 없었다는 듯 조용하게 지나간 순간의 자연은, 그러나 엄청난 교훈을 던져준다. 무심한 듯한 정력학靜力學의 세계에 담긴 고요한 싸움, 그리고 무위의 모습으로 그려진 동력학動力學이 보여주는 강한 암시의 교훈. 이시영의 이 에피그램epigram의 기법은 가벼우면서도 무섭다. 아도르노가 말하는 진지함, Ernst의

가벼운leicht 초월이 거기에 있다.

「게 장수들이란 참!」이란 시도 재미있다. 재미 속에 숨어 있는 시퍼런 교훈의 엄중함. 그 교훈을 감추고 표면에서 왕래하는 시의 재미. 두 가지 능력을 함께, 짧게 운행하고 있는 시인의 유머 정신이 놀랍다.

> 연평 근해에서 잡혀 온 앞발 없는 꽃게 둘이 무거운 투구를 등에 인 채 너른 수족관 안을 천천히 옆으로 이동하는데, 이마에 뿔처럼 돋은 두 눈빛만은 겨울 바다처럼 쌩쌩하여 흐릿한 아침을 시퍼렇게 비추다.
>
> —「게 장수들이란 참!」 전문

이 시의 요체는 제목에 있다. 내용에는 한 군데에도 언급되지 않은 게 장수들을 향하여 왜 시인은 혀를 차고 있을까. 앞발이 부러진 채 잡혀 온 게들의 두 눈빛이 쌩쌩한 것을 보고 시인은 문득 전율을 느꼈던 것이 아닐까. 그 전율은, 가깝게는 생명 무시를 다반사로 하는 우리네 식생활과 환경을 백안시하는 오랜 악습에 대한 안타까움으로부터 나온 것이리라. 그러나 더 근원적으로 나아가보면, 「참새네 가족」에서처럼, 인생에 대한 진지한 경구가 거기에 담겨 있다. 인간은 얼마나 자주 멀쩡한 생명에 대해서 주검의 칼날을 휘두르는가. 식생활을 포함한 우리의 일상이 사실상 이 같은 폭력으로부터 유래하고 있지 않은가. 산 채로 잡혀 온 게들을 보면서 “이마에 뿔처럼 돋은 두 눈빛만은 겨울 바다처럼 쌩쌩하여 흐릿한 아침을 시퍼렇게 비추다”라고 묘사한 시인의 눈을 떠올리지 않을 수 없다. 이와 더불어 “게 장수들이란 참!” 하고 힐난과 개탄의 음성을 뱉은 시인을 향하여 나는 오히려 “시인 이시영이란 참!” 하고 찬탄의 경의를 표하고 싶다.

그러나 역시 이시영 시의 본질은 자연과 사람의 친화에 있고, 이는 오늘날 자연을 희화화하고 파괴하는 새로운 시의 경향들이 주목하고 반성해야 할 중요한 지점임을 강조하고 싶다. 시집을 열면 만나게 되는 첫 작품 「누님을 생각함」을 보자.

누님은 잘 계시는지 몰라
우리 둘 이복이지만 동복보다 더 가까웠던 60년
전주 덕진 수목장 햇볕 잘 드는 언덕에 90 평생 외로웠던 뼈 대고 고이 누우셨으니
오늘 밤 별빛도 그 뼈에 사뿐 내리리

—「누님을 생각함」 전문

자연스럽게 두 대목이 눈길을 끈다. 하나는 이복 동복 가리지 않고 가깝게 지냈던 남매의 정. 그것은 인간적

정이기도 하지만, 시와 문학의 세계가 펼쳐주는 공감과 통일의 유대이기도 하다. 이시영의 시에는 서로 다른 요소들의 내재에도 불구하고, 이처럼 공감과 통일로 하나 되는 장면이 많이 나온다(이에 대해서는 곧 다시 살펴보겠다). 다른 한 대목은 자연과 사람의 친화를 보여주는 끝부분, "오늘 밤 별빛도 그 빰에 사뿐 내리리"라는 곳이다. 시인은 순수가 상실된 것들, 그중에서도 자연의 회복을 강조했던 만큼 여기서도 자연과 사람, 양자의 친화라는 측면에서 다시 주목될 필요가 있다.

자, 이제 공감과 통일에 대해서 관심을 돌려보자. 이복과 동복을 한 형제라는 범주 안에서 자연스럽게 껴안는 시인의 통합 감각은 세상살이의 모든 면에서 두루두루 적용된다. 가장 넓은 차원에서 자연과 사람이 하나 되는 모습은 지금껏 보아온 바와 같거니와, 이념과 종교의 차원에서도 시인은 그냥 경계를 넘어 그저 무념하게 걸어가거나 바라본다.

> 그런데 가만히 팔짱을 끼고 있던 김훈이 갑자기 생각났다는 듯 남대현을 향해 "정릉천 쪽에 있던 돈암탕 알아요?" 하고 물으니 남대현이 "그 동네에서 제일 높던 빨간 굴뚝?" 하며 반색을 하는 것이었다. 둘은 그날 밤 삼지연 매점 안 들쭉술을 다 마셔버려 [……]
>
> —「돈암탕」 부분

남과 북의 문인들이 만나던 때의 한 장면을 이시영은 이런 식으로 포착하고 묘사한다. 「KTX에서」 속 할아버지와 염소가 서로 끌고 끌려가는 장면과 다를 바 없다. 여기에는 공존, 화해, 통합 등의 단어가 아예 씌어지지도 않는다. 다소 원시적이며 원향적原鄕的인 감성 안에서 대조적이며 이질적인 두 상황이나 요소가 슬그머니 하나가 되는 것. 이시영 나름의 능력인데, 거기에는 원래의 심성 위에 통합에의 강한 소망이 숨겨져 있다고 보아야 할 것이다. 이질성을 동화시킴으로써 통일의 화평을 지향하는 마음은 종교의 영역에서도 부드럽게 나타난다. 다소 뜻밖이다.

> 채플 시간에 뒷자리에 앉아 토익 책을 펼쳐놓고 열심히 밑줄을 긋고 있었다. 바로 그때 목사님께서 다가와 말씀하셨다고 한다. "하나님 말씀도 좀 듣고 공부해야 하지 않겠나?" [……] "아저씨는 누구신데요?" [……] 목사님이 가만히 말씀하셨다고 한다. "아, 나는 오늘 하나님께서 주신 아침밥 먹고 그 밥값 하러 온 사람일세!"
>
> —「아저씨」 부분

아내의 방 책상 위에 A4 용지 크기의 코팅된 글씨가 세워져 있다.

"할렐루야 하나님 감사!"

"구원해줘요! 나 갈게."

몇 년전 일찍 세상을 뜬 상태가, 임종 직전 수녀인 동생 상숙과 나눈 대화다.

너무 짧다.

—「너무 짧다」 전문

해쓱한 얼굴들이 신호를 기다리는 국립암센터 교차로

한 정숙한 어머니가 두터운 성경을 들고 전도하고 있었다

"하나님을 믿으면 천국으로 인도하십니다."

길을 건너다 말고 나는 그분의 너무도 선한 얼굴을 똑바로 쳐다보았다

—「쳐다보다」 전문

드물게도 이 시집에는 기독교와 관계된 세 편의 시가 있다. 그러나 이 시들은 기독교 신앙의 어느 부분을 다루고 있지 않고, 물론 그에 대한 찬반의 논의로 개입하지도 않는다. 그러면서도 특이한 것은 기독교 신자나 교역자들에게 따뜻한 시선을 보내고 있다는 사실이다. 이 점은 우리 문학이 종교, 특히 기독교에 대체로 우호적이지 않다는 관습을 고려할 때 이례적이다. 나로서는 이 역시 공감과 통일이라는 이시영의 시학이 보여주는 관

용의 소산이라는 관점에서 주목하고 싶다. 가령 시 「아저씨」에서 목사가 자신을 하나님 주신 밥 먹고 밥값하러 나왔다고 대답하는 융숭함이라니— 그 융숭함은 보통 목회자의 언행을 도그마틱dogmatic한 것으로 바라보기 일쑤인 일반적인 시선을 넘어서는 따뜻한 관대함과 넉넉한 시심이다. 시는 여기서 목회자와 일반인, 종교와 대중이 필경 하나임을 말해주는데, 과연 이시영 시의 푸근한 영역이다.

두번째 시에도 기독교에 대한 수용과 아쉬움의 양가 감정이 거부감 없이 녹아 있다. 아내, 상태, 상숙 세 사람의 가족이 모두 기독교인임을 소개하면서 "너무 짧다"는 마지막 시행을 통해 그들의 대화가 짧다는 것인지 인생이 짧다는 것인지 혹은 통합의 순간이 짧다는 것인지 불분명한 대로 그 메시지의 긍정적 수용을 보여준다. 그런가 하면 세번째 시에서 노상 전도 하는 여인을 가리켜 "너무도 선한 얼굴을 똑바로 쳐다보았다"고 적고 있는 시인의 모습은 그야말로 너무도 선해 보인다. 기독교와 관계된 그의 이러한 관용 또한 세속과 종교의 화해라는 차원에서 주목되며, 더 넓게는 자연과 사람의 하나됨이라는 이시영 시의 본질적 틀에서도 이해된다.

서정시는 그 본질이 추억Erinnerung에 있다는 E. 슈타이거의 시론이 있지만, 이시영 시의 많은 부분은 추억, 혹은 기억을 그린다. 그러나 그 추억은 그곳으로 함몰되는 퇴영 아닌, 현재성의 모티프와 에너지가 되는 서정성으로 연결되는 힘이다. 이시영은 이러한 힘을 동양적인 감수성의 바탕 위에서 행한다. 시 안에서 모든 경계가 스르르 없어지고 있다는 점에서 동양적이지만, 현재성으로 스스로 부각되고 있다는 점에서 신선하다. 때로 옛 이야기, 그와 결부된 장소나 물건이 길게 설명되는 경우가 있으나, 추억이 유발한 불가피한 현상일 수 있다(지나친 서사로 흐르는 일은 경계될 필요가 있다). 병들고 아픈 역사적 내상과 시인 자신의 상처를 말없이 함께 포개어가면서 반세기 넘도록 조용히 시업에 매진해온 이시영 시인의 원숙은 우리 민족서정시의 전통 위에서 이룩된 의미 있는 성취임이 분명하다. ▨